ダイブ・イン・シアター　目次

サイン会でもないのに　6
Y字路　16
オカダヤ　20
相互代理抱擁哀愁　22
脚根関係　26
6月　30

憧れ　34

市庁舎　38
広場　42
鋭く深いなかなか無い　46
岬　48
冒険　50
さざ波　52

両手で受話器を　56

Wanna be 60
バス停 62
休憩、降車1 64
砂浜 68
チャンス 70
期待 74
うわさの天使 76

誓い 80

路上 84
ビルボード 88
Holiday 90
It's mine 92
休憩、降車2 94
死後初雑感 98
ひとりじめ 100
鷺 106
ダイブ・イン・シアター 108

ダイブ・イン・シアター

サイン会でもないのに

あの、ちょっとだけこの草はらであなたのくびすじにもたれさせてもらっていいでしょうか？　ことわられる前に、勝手にもたれますね。よいしょ、あの本を書かれた作家さんですよね、サイン会でもないのにすみません……。

いきなりだし恥ずかしいはなしなんですけど、わたしは、女性として目覚めろと言われてもちっとも目覚めてこれなかったんです。Wake up って言われてもだめでした。こじあけようとしても、油塗ってみても、ゴム手袋はめてちからいっぱい回してみても、どうしたって目覚めなかったらしくて、その自覚もなくてかなしいですし、目覚めていないから眠っているかと言われたらたしかに起きている時間はあるとは言いたいのですが、それはたんに起きているだけであって、女性としては目覚めていない、意味がちがう

らしいと感じとるというか、勝手にそう感じとっているだけでもあるのですがおおいなるものを、そういうものにまぶたの感覚がぴくりともしなくて、そもそもひらいて見るものといえば目であってまぶたなのかっていうところもつっかかって、それは強気や確信ではなくてふとした突起ってだけなのですが、わたしは女なのにと、残念でした。目覚めろと言ってくれた人はみんなやさしくておもしろくて勇敢で、起きているあいだずっと生きている印象で、それで、そのコントラストで、起きているのに目覚めていないという、生きているのに死んでいるかのようなあきれた状態のわたしにわたしは心底がっかりしていました。
そんなことを思うたびに女のかざかみからあいまいな坂をひとつずつおりていって、いつしか風に吹かれるばかりになりました。風に髪の毛をまきあげられ、なおしもせずに反省しました。なおす未来を持てないような気がして。なんにも見てこなかった、知らないできたんだと、情けなさにうなだれて、おなじようにかざしもにいたひととぽつぽつ話してみることもあって、おたがい共感できるようなできないような、あたりまえのようにけっこうちがうのでか

みあうことも少ないなかで、ただおなじところにいるというだけでそれなりに話ははずんで、そのひとはしばらくしてどこかへ行ったので、おなじきもちではおそらくなかっただろうと、決して、それがいっそううつむくはげみにもなって、いっしょうかざしもでもしかたがないだろうと、ああなってはいけないという見本として見やられるのもそれはそれでなにかの役には立つかとかんがえてみたりしていました。そうやってすこしでも、今の自分を正しいとしていないとこらえきれなかったです。

ある日運よく、眩しくかがやく星の一団が舞い降りてきてくれるのに遭遇して、うれしくなってしゃべりだそうとしてみるんですが、使っていることばがちがうらしいのか会話はつづかなくて、おたがいみじかくひとことふたこと話して、そのうち星々はボタンを押す要領で気を取り直して、切り替えて、ここでの出来事には出会わなかったかのようにしゃきっと風にむきなおり、軽い足取りで魅力的ならせんを描きながらまた空に戻っていきました。わからないながら、生きる姿勢のことを、なにか指摘された気配があって、エネルギーがないとか、そういう姿勢を。というか服

や髪型や表情のことだったかもしれません。うすいピンクのサテンのブラウスを着て、髪の毛はセミロングでおろしていて、どんなばあいでも話せば通じあえると信じてほほえみながらいたら、エネルギーがないとのことで、みぞおちが揺れて、高等の言語を自由自在にあやつる星々が言うんだからそうなんだろうと、すぐになにか行動を起こさなきゃと、そこからいっそうにこにことしました。自分をとらえていたはずの視線が自分をすりぬけ向こうにすべっていく瞬間ってわかるものなんだとも知りました。もともと、目ではなくて目と目のあいだを見ていたのも。としていたところにあなたのこの本が刊行されたので読みました。前々からファンで、だから新刊はほんとうにたのしみで、まちどおしかったです。

それで、なんていうか、びっくりしました。あなたがつづった女性として生きるということについての事実を、わたしはぜんぶ知っていました。時代やおかれた境遇がまったくちがうのにその感触や風景におぼえがあって、まるっきりあたらしい景色はなにひとつありませんでした。喫茶店の話、わたしにもそういう話があるんですけど、目覚め

ろと鼓舞された喫茶店でのことで、その人にとってはたいせつな話ですよね、それを聞いて、熱くていたくて、その火はくすぶったままきえることはなくて、ちかくにいるだけでじりじりこころが灼けて、それがおちつくまでもうすこしそこにいたかったけれど、その人はつぎの約束を持つ人でした。そのまえをおもいがけなく偶然の暇人として去ったときのことを思い出しました。あの日の喫茶店でも、あなたが書いたこととおなじようなことを聞いたはずでした。わからなくて、わからないのはうすぼんやりしたまぬけみたいで、どうふるまえばここにいられるかと焦りました。焦って、この人の今日いちにちの予定のなかの取るに足らないひとつになろうと席を立ち、せめて、自分のために、ふたりぶんの会計を済ましました。

ドアをおして出ると、わたしは空腹だったのか、鼠蹊部がふるえました。からだが軽くて、階段をおりるのに手すりがあってたすかりました。このふるえは人知を超えた啓示をさずけられた優越感だろうと、知らないことに出会った高揚だろうと、まぬけが知恵にふれた刺激だろうと、ふぞろいなリズムでスキップして帰りました。地面は割れてが

たがたなのがそのままで直されるようすもなく、すれちがう人とはもれなく稲妻を交換し、その人たちはみな腹を露出していて、みあげた空にはまがまがしい暗雲がたちこめうずまいていて、じぶんの殻を一歩ごとにかたくして歩む忍術をいっしゅんでものにしてしまう切迫した事態で、皮膚は塩っ気でがさがさ、目は充血して、火の粉がふりかかってはらうやつは、燃えて焼けて傷つくことを厭うやつは腰抜け、そのすべてがなぜそうなっているのかわからないけれども、それがわからないやつはろくでなし、それをあらわすことばを知らないやつはひとでなし、そういう帰り道でした。真夏でした。

そんなこともあったから、どうしてこの本のなかのことはこんなにすんなりわかるんだろうとふしぎでした。知っていることばが並んでいるということでもないので、ほんとうにふしぎでした。めのまえにあなたがいなかったから自由に解釈できたとか？　そうとも思えないです。

わたしは、わたしが居ながらにして居なかった世界のことを思い出そうとしていたのかもしれません。わたしがたしかに居た世界で起こったことは思い出せるのだと安心して、

なみだが出ました。わたしはたとえば星々や喫茶店の人のことばでいうところの目をとじていたのかもしれないけれど、眠っていたわけではないのかもしれない、ずっと起きていて、そのつど目はすべて見ていて、わたしのいうところの目、はやくこの目をあらわすことばを話してみたいですけどまだ見つからないので、外からはとじているように見えても、しっかりひらいて見ていてくれていた。わたしが知ろうとするまえにわたしがもう知っていてくれたことが心底うれしかったです。はしゃぎまわってよろこぶというよりは、つったってよろこびました。

喫茶店のひとの声も、星々の声もあたまのなかにまだひびきわたっているにはいるし、星々はきのうひさしぶりに地上に降りてきていたみたいですけど、あの魅力的ならせんを描いて、歓声があがって星々を中心に物質が集合していて、ただこちらはちょっとそれどころではなくなってしまって、この本を読んだので、くだものの皮が内側からの高まりに応じてはち切れるみたいな、言葉がどっとおしよせて、ふと立ち上がってしまって、よろこんでしまって、おこってしまって、部屋でひとりで、そういう衝動におさ

れてわたしはおもわず旅立ってしまったので……それどころではなかったんです。部屋のものをこわしたりあばれまわったりせずに、そうとうすばやい、シュッと音がしそうな、影も置いていくうごきで家をでました。
そんなことでシュッと、自分とは思えないうごきで旅立ってみたはいいんですけど、出発したとたん、ひるみました。自分がびびりなのは知っていました。案の定びびったんです。まだまだ暮らしなれた家のまわりだっていうのに、そわそわきょろきょろしてしまって、予想したとおりのみごとなびびりだったのでもはや感心しました。実った茄子を押してみたりして。わたしはなんにも変わっていなくて、わたしはわたしにがっかりしながら笑って、おおっぴらにおうへいなことを思いついて、この草はらにきて、あなたのくびすじをひととき貸してもらって、ちょっと落ち着いて、深呼吸して、あと10分で、腹きめてほんとうに旅立とうと考えて、すみません、サイン会でもないのに、いや、サイン会でもやらないですけど、私情をつらつらと話してしまって……。
ありがとうございました。もうだいじょうぶです。これ、

ファンレターなのですが、ここでお渡ししてお荷物じゃなければ……。また本が出ますよね、どこにいても、とてもたのしみにしています。どうかおからだにお気をつけて、くびすじをほんとうにありがとうございました。

Y字路

それで、いつから義理の声ができたんです？　17歳くらいですね。だいたい仕事をはじめるくらいにできる人が多いでしょうね。バイトくらいじゃそうそうできませんよ。親戚の親戚とか、友達の友達とか、取引先の取引先とか、ついに人間のあたまかずに入れられるっていうか、数珠繋ぎ的にとんでもない量の人に会うようになってから、ぶつけられるようになってから、というか会ってないのに会ってる人まで出てきた時からのが本物ですよ。そういう意味では早めでしたね。自分から裂けていってできるから、はじめの喪失感は相当なもんです。

変わった、ととる人も多いですけど、あれって増えてるんですよ。なくなった、って人もいますけど、確実に増えてますからね。でも増えてるのに失ってる感じがするんだか

らそりゃ勘弁してくれよって話で、混乱して部屋に間接照明しか置けなくなるのもよくわかります。それで、大掃除で、まいっかって後回しにした壁の隅の蜘蛛の巣、あれがわからなくなるでしょ。絶対忘れないでほしいのが、あれはいつまでたってもあなたがなんとかしないかぎりずっとありますからね。あなた、なんにもしてないでしょ？　自分の声に。だから、あるんですよ。安心して。ありもしない喪失感であきらかにあるものまで失わないでください。これ余談で、失うごとに嘆くのはそんなに備わらない性質ですから、大変とは思うけれどもそれはぜひそのままで。あくまでも増えただけで、分かれただけで、もとのかたちはなくなっても、なくなってはいないですから。なんかしたっていうんだったら話は別ですけど、そうじゃないんでしょ？　ん？　やったかも？　まあ、それはそれで、それは、でもそれだって、もともとがいちばんいいなんて誰が決めたのかっていうこともあって。もともといいものだって、煮たり焼いたりするわけでしょう。声は肉や野菜とはちがいますけど、たとえば布も煮るでしょう？　たとえることで新鮮に考えなおすことができる、たとえるってそう

いう役割でしょう？　深みを持たせる、だからそこらへんの言葉とちがって胸に響いて残るんだし、よくよくみたら、そんなに重大なことしてないかもしれませんよ。やってしまったと思ってたらそうでもなかったような。
とりあえず、今日のところはこの辺にして、来週の水曜、もう一度ここへ来てみてくださいね、予約とって。あしたの朝一番、何も考えずに声出してみて、それが義理かそうじゃないか、何も考えずにですよ、聴いてみてください。それでどう思ったか、教えてくださいね。どっちの場合でもここへ来て、不安をのぞくだけでもいいんですよ。ここってそういう役目も持ってますからね。

オカダヤ

レース、やぶれやすいとお思いですか？　実はまつげくらいじょうぶなんですよ。ほら、ひっぱってみるでしょう、はい、びくともしないでしょう？　そのあと、これ、まつげです、ひっぱってください、ほら、でしょう？　丈夫でしょう？　はさみだったら、

切れちゃうでしょう〜！　はさみなんてこの世の中でそうそう出てくることないからだいじょうぶ。せいぜいじゃんけんのときくらいですよ。だって腰に巻くんでしょう？　関係ないですよ。草のかげのかまいたちだったら、

ひとたまりもないでしょう〜！　そもそもレースだけでっていう発想はそこそこextraordinary、パンツ透けますがお

気になさらないのであればそのままでも。視線を浴びせられたら、

あっけないでしょう〜！　勝手に未来切り開かれちゃうんですね。それで、上着とか投げられちゃうんですよ。レザーだから重くって、腰に巻いて歩いたらこんどは上半身のほうが気の毒とされてストールまで飛んできて、

大迷惑でしょう〜！　せっかくのレースなのに。ねえ！まつげもセットで入れておきましょうね。illusionがいらなくなったら、ありがとうって捨てたらいいんですから〜！

相互代理抱擁哀愁

　こちら、夜9時。さっきまでは三日月にならってガードレールにゆったりと座っていました。いちばんに声を聞きたい人に、きょうは野球を見にいくからごめんねと、声は聞かせてもらえたのに抱きしめるのを断られたきみを抱きしめる時、たのしいことをいっぱい思い出して上のほうを見ている。うすばきとんぼの群れがあたまの上をかすめていったことや、分厚いガラスを隔てて見た日本刀、じゃがりこが売り出された日の青空に棒状の雲が並んでいたのとか。それで口が開いていて、そこにかげろうのこどもが飛び込んでつい呑みこみ、これまでやってこれなかった抱擁のことを思い出して、気が散っている。あの時あの人を抱きしめていれば、抱きしめ方がああだったら、抱きしめるタイミングが、と別の日の、ありえなかった抱擁のことを

考えている。悔いたおぼえが消えなくて、もうあんなことはくりかえさないように、悔いないようにときみを抱きしめている。だめだったわたしができなかったことを、反省してよりよくなったはずのわたしがきみでやりなおしている。いつか焼肉をおごってもらった人へ焼肉をおごりかえすことができなくなったから、こうしてきみにおごっている。よろこんで肉を焼いてもらい口に運び、酒に酔ってうつろにたのしいきみにあの日のわたしを見る。あの日わたしの前にいたあの人の目にのりこんできみを見ている。中身のみっちり詰まった球体のなかから見る未来。たぶん5歳にはもうはにかんでいたきみの声で電話がかかってくると、迷いなく仕事の手を止めて、話しながらきみに会いに行く準備をする。このあとながく電車に乗る時間、きみがいっしゅんどうしてもこどもをむかえに戻らなくてはいけなくて席をはずす時間、なにをしようか考えている。パソコンを持っていこうかな。忙しくないけど。はは。スムーズに、なにごともなく、なんのためらいも感じないできみが席をはずせるような目に見える平常心、無理をしなくてもあるよ、いまは。どんな電話にも出られる声があるよ。

きみがいないサイゼでサイゼが閉まったあと行けるお店を調べているよ。ふふ。きみの声がこんなにがさつくのもいつまでもつづかなくて、きっと3日4日。そのくらいならまかせておいてよ。今日、おどろくほど検索がうまいわたし。仮にぜんぶ塗り替えておこ。きみがほんとうに望んでいる人が絵を運んでくるまでのなんにもない壁にしておく。

脚根関係

くどくどと、ここで言い聞かせられるとうもろこし。世界にはみずみずしい種もあると知らずに。
乾かないとこに生えてる意味がない、もっと、限界まで乾け。やってみろ。(となりを指差して)、まだ粒の張りがある、想像が足らない、こういうのはまずはイメージからはじめてやっていたらそのうちそうなるんだ。からからに乾いているところをちからいっぱい思い浮かべてみるんだ。水が抜けていくように、全身を絞り上げて、細胞を食いしばれ。それでとうもろこしのつもりかって？　そんなに膨れてて。乾いてなんぼのもんだと、じいさんのばあさんのじいさんのばあさんの代からそう決まってて、本にも書いてあったんだろうし、しわしわになってみるんだよ、一度思い切って。案外おもしろいし、それが生きがいになった

り、予想もしなかったたのしみがあるかもしれないんだから、やってみ、ほら。あたらしい仕事につながるかもしれないんだよこういうことが。

世俗への親しみが足りないんだよ。高貴な生活をまじめに一途に営んでいてもどうしようもない。一見ばからしいことをしてみないと世の中には響かない。まだ見たことのない人たちには届かないんだよ。自己満足で終わるぞ、それでもいいとでも思ってるのか。思ってるんならいいよ、知らんけど。たとえおまえが地獄に堕ちようとこちらにはいっさい関係がないからね。一生をこの小さい畑の中で、とおりすがりにたまたまちやほやされて終わりたいのか。おまえには才能がある。まだ近くのちいさなものの成功に嫉妬してるのか。嫉妬するなら遠くのもんだ。10年後生き残ってるのは確実におまえだ。いまあいつあんなんなってんの？ トリップとか言われてんの？ トリップしたこともないのに？ いまからバイクで行っていい？ 1時間くらいかかるんだけど、寝ないでいてくれる？ ねえ、お腹空いた。なんか食べたい。カレーある？ いまついた。いまかけた電話、急に心臓がばくばくして、死ぬのかなっ

て。ねえ、電話に出て、出て、死ぬのかなって電話かけちゃった。お前の人生の登場人物になる気ねえから、早く乾けっつってんだろ。とうもろこしならとうもろこしらしく、支えてくれよ、とうもろこしとして。

6月

猛暑の中を歩いて、からだのはんぶん海に浸かったのを乾かす。いるかいないかわからないのがこわくて、また部屋にはんぶん殺虫剤を撒く。馴染みの蜘蛛が目の前でひっくりかえり、はんぶんずつ動かなくなっていくら腹を返しても元にもどる。右上腕の痛みがはんぶんは消えて、ひさしぶりに長く日記を書く。なみだの出るほど痛んだ右卵巣、昨年の手術と薬でかんちがいして眠る。薬をもらってこないと、やぶれたところから膿みが流れきるまで気絶をはさんでのたうちまわる。アマゾンレビューをはんぶん読んで、よりつよい効果を持つ殺虫剤に出会う。いつになったらI Gotta Find Peace of Mind. はんぶんのちからを残し、不安のたづなをはなさず。たづな半分くびに巻いて、ほそい息こそが安息。タトゥーを彫るまでもない、みみずばれはんぶ

ん黒ずむ。首輪？　いえ、半周のチョーカー。ベルベットの黒いリボンに、重たい銀のかたわれハート。だれかとわたしで自然とかなしみの重さをはかるてんびんに乗る日が来て、自分のほうがおおくもらって釣り合う。いつもがんばって裏で着ていたこころ、裏地が半分毛羽立ち捨てる。半分でとは思い切った、と言う人に一瞥。フランスからきたクレープ屋、親友の誕生日を半分祝う。半分はいつまでも残しておいて、話題も流行りも関係なく、今日ばっかりはぜいたくしよう。おたがい忙しかったよ、ひとつき、今月ばっかりは好きにやろう。わたしだけじゃないんだって、今年ばっかりはかなえられる夢ならかなえよう。おもったよりやすくメロンを買って、はんぶんに切って種をくりぬいた半球に牛乳を注いでみるのがそれ。

憧れ

───────────────

あたまにふたつあるおだんごの山の輪郭が内側から光っている。そこがほかのところのかたちを一手に引き受けて全体を醸している。そういう人がこっちへまっすぐ向かってくる。わたしがつい内股になって、肩をいからせ、さっき出くわした祭りで買った、右手のクレープ、左手のいか焼きに刺さったわりばしをにぎりしめ、ささくれが手のひらに喰い込むのも気にせず、目の前をとおりすぎざまに、かっこよ、と漏らすと、耳元に一瞬、ありがとね、と声がした。おだんごの輪郭に巻いてあるりぼんが地面と水平にただよい、そこで正弦波を生み出して消してをくりかえす。それはろうそく？ とわたしの両手をつぎつぎに見て、たいへんなのこれ、とささやき、どうしてもゆるせないことがあるの、とつぶやく。だから空気に鞭打ってるの、気合

いで保ってるの、1秒さきどうなるか知らないの、とつづけざまにくさびを打ち込むように。それからクレープの方を大口でかじって、いつも選んだことの反対をやるの、と聴こえた。もぐもぐしていてよくは聴こえなったんだけど、たぶん。

市庁舎

あなたの歌声、とても自由にきこえる。人じゃないみたい。さあ、わたしたちもやってみましょう。みな、ひとしく声があるんだから。

ここには悲しいことはない。うれしいことだらけ。よろこばれて、お祝いされて。しがらみとくるしみはひとりでにやってきてひとりでにいなくなる。なんでもかんでもどんな状態でもうたがいなくすばらしい。孤独でない、ひとりぼっちじゃない、ちいさな声でも発したら気づいてくれて、拍手がとんできて、肩を組まれて、手を取り合って輪になって。つぎはわたしもやってみようという意欲が起こって、みんなもれなくそうなって、はいはい列にならんで順番にですよ、それではどうぞ。

わたしは今、人でないみたい。声だけわたしでないみたい。

忌むように仕向けられて発散、開放、あれ、忌んでいたっけ、そうした方が、入ってうずくまって、そこで冷えてみたくなる影がひとつ増える。でっちあげて手放してもいい。わたしは生まれながら窮屈で憐れまれ、惨めであるってさ。例外はそう無い。だったら歌えばいい。これがきっかけ、とっかかり、ひとりでもやってくださいね。解散。そこから６年間、なんにも歌わなかったな。みんなでやっていたらたのしいんですけどね、ひとりだとそうでもなくって。あなたの歌声、うつくしい。選ばれている。からだの延長。だからあなたはだれかよりも広く長い。楽器みたい。はい、じぶんのからだのように思いのままなんです。つるつるした後がさついて、それは怒りでしょ？　伝わる。あなたのなかに沈む、とても受け入れられない、人でなくなりそうな部分なんでしょ。その暴走の最終地点は金が引き受ける。一枚、二枚、三枚、高い、とか言っちゃいけない、そんなこと思っていないよ本心では、はい、これでなんとかやってください、応援している。これは手に負えない愛らしさを引き受けるために犠牲になった金であってただの金じゃない。偶然この世界のこの時代に生まれてしまって気の毒

なあなたの気高さを守るひとつの方法にすぎない。気まずく思わないで。これを受け取ったからって、あなたの声の清らかさは消えない。こどもであることは変わらない。考えこまないで。そうしたらその声はずっと出る。あなたならね。

ここから起ったうつくしいの流行。うつくしいのなかにうつくしい以外の言葉を投げ入れていっしょにして、お互いの声を、うつくしい、と褒めあう。みんな、言葉を使った使ったとうっとりした。あの日、みんなで声を出してみた時のよう。ずっと、こんな風に日常がらりと変わり壊れながら、わたしだけ当然のように生きている日を待っていた。

あたらしい常識では耳は聴かなくなった。ふさいでいたから、うえに伸ばすようになったうでで。そうしてうでは細くなり、代わりに聴くようになったふくらはぎのかたちがぼこぼことした。いびつであればあるほど、たいへんな苦労として撫でられ可哀想がられ拝まれた。上半身はどんどん洗練された。うではあたまを包んでひとつの棒状、街の高さの印象を担った。観光客はうえに釘付け、したのほう

に不規則に膨らみしぼむしこりを見つけても、気を取り直してうえを見た。うえさえ見られたらよい旅だった。こうして街のかさの平均が上がってしまったことに慣れない市長（まだ耳を使っているおくれた人）が、これは非常事態である、どんな声でもうつくしいとは言わないように、と発言すると、市庁舎に一定の高さの人が押し寄せ、1階のかさの5分の1が占められてしまい撤回。上着を持つひまもなく逃げのびた市長はいま、庁舎裏の仮設テントで頭を抱えている。おなじく逃げた市の職員、ここぞとばかり、そんなあなたもうつくしい、と瞳孔を全開。はじめて見せる、腰が入り、撫で肩のフォルム。市長は冬の真ん中で冷えきっている。職員の吹き出したうつくしいが消えるまで、自分に、うつくしい、と心の中で唱えつづけている。

広場

わんわんわんわん　わんわんわんわん　わんわんわんわん
わんわんわんわん　わんわんわんわん　わんわんわんわん
しーぴしっ　しーぴしっ　しーぴしっ　しーぴしっ　しーぴしっ　しーぴしっ　しーぴしっ　しーぴしっ
ずんずんずんずん　ずんずんずんずん　ずんずんずんずん
ずんずんずんずん　ずんずんずんずん　ずんずんずんずん
どぅんどぅんどぅんどぅん　どぅんどぅんどぅんどぅん
どぅんどぅんどぅんどぅん　どぅんどぅんどぅんどぅん
どぅわどぅわどぅわどぅわ　どぅわどぅわどぅわどぅわ
どぅわどぅわどぅわどぅわ　どぅわどぅわどぅわどぅわ
ひゅんひゅんひゅんひゅん　ひゅんひゅんひゅんひゅん
ひゅんひゅんひゅんひゅん　ひゅんひゅんひゅんひゅん
てぃってー　てぃってー　てぃってー　てぃってー

てぃってー　てぃってー　てぃってー　てぃってー

とぅりり　とぅりり　とぅりり　とぅりり　とぅりり

とぅりり　とぅりり　とぅりり　とぅりり　とぅりり

りーべーぼーぼ　りーべーぼーぼ　りーべーぼーぼ　りー

べぼーぼ　りーべーぼーぼ　りーべーぼーぼ

つかわれんなMoneyに

つかえつかわれる前に

つかれんなMoneyに

つかえつかれる前に

ついえたついてないついにつきはなされた

いつのまにかつかまされてきたお年玉

うれしかったし

もっとほしかった

つかうのこわかった35才まで

トイザらスでがんがんつかってた

あの日のはとこのように買え

詩集句集歌集

わたしはわたしのため買え

全集画集選集

いくらだって行け展覧会

だべるなら買え木の葉でも

使えば使うほど溶ける作者との境

いくら使っても他人で居ろお互い

気づいたら無邪気に外れろ歴史のたが

プラダとWorkしたあとの舌で舐めまわせ生活

ハッピーでニコニコしたわたしでThank you

彫れ足の裏にわたし以外見ることのない松

泣く人がいなくなるまでやめとけ迷うなら

刀でもナイフでも棘でもない服に注ぎ込む

ぜいたくするなら言葉のない刺繍

白い布に白の糸で挿し込む意志のない地図

死ぬ時ぴったりで使い切る

My grand motherの教えに従う

そのために足す引くを学ぶ

知識をいれる

知れるまで知る

知らないでいいことなんてないはず

知れるんならありがたく知る

好きにからだ振り回すための路地かよ
ひとがいないことにできる傷付きやすい強心臓
それがあるなら広場で踊れよ
ぶっそうにぶれる月が見てるよ
売ってる花は買わない
家路まで白装束着せない
切ってる花は買わない
赤ちゃんみたいに抱かない
もう、ない、で締めない
泣いてもいいかい
差し支えない再会で
一瞬を渡し合う日まで
まみどりに塗る誓い
礼
しーぴしっ　しーぴしっ　しーぴしっ　しーぴしっ　しーぴしっ　しーぴしっ　しーぴしっ　しーぴしっ　しーぴしっ　しーぴしっ　しーぴしっ　しーぴしっ　しーぴしっ　しーぴしっ　しーぴしっ　しーぴしっ

鋭く深いなかなか無い

―――――――――――

昼と夜をまちがえて、昼の声で歌ってしまったがさいご、そこにあったんだという虚空からそくざに飛んできた槍様のやさしさと自称するもの、きみにはおしえてやろう特別に。普段なら放っておくんだけど、見込みがありそうだから。その声じゃいけないよ。それはだれかのためだろう、あなたのために発せ、あなただけの声を。それじゃいつか損をする。わたしのようなものに嫌われる。ここからさき未来では、その声は古びてばかにされる。悪いことは言わないから、きぜんと夜の声でいけ。黒く暗くなってだれにもすくいとられるな。その声を捨ててしまえば言っている意味がわかる。それまでは教えないから。秘密があるんだよな。ここからさきは未来なんだ。あたらしい場所なんだ。こんなことだれにでも言わない。きみにだから言ってる。

言わないほうが多いんだ。言っても仕方がないから。今日はまず言った。きみのつぎの発声しだいでは明日は言わないかもしれない。いちどしか言わないからよく聞いて、その声はやめておいた方がいい。

岬

島の北突端、とても寒くてずっと雪が降っているのに、降ったそばからふきとばされて積もらない。弱気。凍えて倒れそうだから、すんません、あなたへの心配で暖をとります。今だけゆるしてください。
もしあなたがいなくなってしまったら、あなたがどうなってしまうのかを、わたしは今からあれこれ心配している。自暴自棄になって、好きなものばかり食べて不摂生するとか、どこへも行かないでずっと横になってばかりいるとか、たまに会いに行っても半分しか目をあけてくれなくてなにも喋ってくれないとか、そしてこれのどこがいったい恐怖で、これのどこがだめなのか、全くわからない。これはただわたしの恐れで、願いで、あなたに伝えるのはどうかと思ってこうして紙に書いているのであって、偶然読む期待

を込めて、この恐れをあなたが知ればあなたのこころは変わってくれるだろうという傲慢といつも手を押し合っていて、そんな気を起こしたのはあとにもさきにもあなただけで、そんなことを思い上がらせる絶対の愛を受けたわたしは、心配しています、とてもとてもとても。この紙になにか水のようなものが落ちて乾いたところがあれば、涙を流していたと気づいて、涙を流すほどだったのだと、思い至ってくれるのではないか。目の前で涙が流れていくよりもつよく、心配や不安が伝わってくれるのではないか。
あなたへの心配のことは、他の人にはあまり話していない。三ヶ月に一回でも、友人が聞くにはつらいだけで、それでも話さずにいられなかった日、おもしろいことに仕立てて話したあとの帰り道の靴の重さ、それに耐えきれない。それならやめておかないといけない。やさしくて愛ある友人はきっと心配するだろうという傲慢とも押し合って手が足りない。気に病むことがある、それが生きがいである。まずい、おもったより短い。10分ももたない。もうつぎの嵐にかこまれている、ぜんぜん足りない。

冒険

みつあみ、めがね、ロンスカ、気にしない、憧れ、えりぐり伸びたTシャツ、言いなり、で旅に出る。

宿屋を出て、すぐ荒野。ティッシュ忘れたとみつあみが戻る。10分歩いて、全員、コンバースで来たから、靴の中すなだらけ。遠くにモンスターの影。戻ろうと断固譲らないロンスカ。半べそのめがね。ばかでかいつるぎ選んできた憧れ、後悔。早足ですなぼこりが立ち、相手にばれるかもしれない。汗だくで宿屋に戻った。主人、お早いお帰りで、と麦茶を出す。

3つのベッドに腰かけて、寝そべって、好きなひとにふさわしい人になりたい言いなりがどんな努力をしているのかをみんな無言でうなずいて聴く。それが漫画になってフランスで発売されるという重大発表に湧く。鳴り止まない拍

手。

えりぐり伸びたTシャツがどぶろくをもってくる。えりぐり伸びたTシャツのほか全員飲まないと言って、ひとりやけくそで乾杯。言いなりはつやつやの髪を両手でなでつけながら、敵を倒すなんて楽、と言う。あとは、荒れ狂う海に乗り出すなんてうらやましい、こちとら郊外、広めの二階建て住宅、バス、ポプラ並木だっていうの。いともかんたんに冒険になって楽ね。眉間のしわがうすくっても、だって太陽でしょ？ あの最強光線でしょ？ ちょっとあたれば陰影がうまれて、深い深い渓谷を覆う、はてしない緑のグラデーションの中での記録写真が手に入るんでしょ。こちとらシャーペンと消しゴムだっていうの。MONOだし。

となりの部屋の勇者、親友、剣士、魔法使い、格闘家、シェフ、踊り子、学者、動物が廊下を歩いて階段を降りていく。建物ががたがた揺れている。13時だよ、とロンスカがこそこそ言う。朝おそいんだね、と気にしないが応える。冒険に来てるっていうのにもったいないね、とロンスカがつづける。

さざ波

前からさざ波が止まんなくて、ずっとあしにあたってくんのよ、泣いちゃうって。ゆがまん顔。こみあげん声。つうと涙が、はらはら流れて。なら閉じりゃいい、目。だけどまぶたも穴だらけで意味ない。そっからしみだしてきて止まれん。さかみちはしりだしたら止まれんのといっしょで泣き出したら止まれん。止めれって、あんたに言われる筋合いあるか。からだのなかもそとも変わらん。なかのものそとに出したからって星にならん。もうなかのもんそとにだしてそこらへんになげててきとうにすますのねがいだいのりだって名前つけんのやめた。

涙、水のままで、あんたに見えるようにこの地面に捨てんだ。乾いてく水が涙で、わざわざここにあんのはわたしがわたしによって捨てたからだかんな。からだ、たくましく

砂にぶっささってて、死ぬまで生きるかたちしてる。

両手で受話器を

あ、もしもし、すみません夜中に。はい、眠っていました？　起こしてしまいました？　ごめんなさい。どうしてもたまらくなってしまって。いま、マンタに囲まれていて、もうどうしようもなくなってしまって、あの、歌を歌ってくれませんか？　すこしでいいので。はい、なんでも、どれでも、思いつくものでいいので、歌ってもらえたら落ち着くと思って、かけてしまいました。ああ、ほんとうに、ありがとう、たすかります。ええ。ええ。ちいさい声でかまいません。はなうたくらいでも。ちょっと聴けるだけでじゅうぶんですので。ありがとう、はい、おねがいします、だまりますね、聴いているので、安心してください。わたしからは絶対に切りませんから。そちらからはいつ切ってもらっても、こういうこと言うの、もうやめますね。聴い

てます。聴こえてます。

Wanna be

枯れたからだで珊瑚を待ってる。とぼしく、持たない、冬へ向かい、ついたらまた戻って、また冬へ向かう秋でいながら珊瑚を待ってる。まずしいからだになりたいのは、珊瑚に選ばれたくて。珊瑚に見つかりたくて、どこからでもうごいてたえず迷子。ひとりぶんのからだではとても見つけてもらえない、一生懸命勧誘活動。きっと珊瑚で満たされる、そういう海底の丘のひとつとして生きるの、よくないですか？　潮をねじまげて、あたたかいのをここへひきこんで、あの時の徳川家康みたいに。

ここ、というわりには動いてますよね？　と質問が飛ぶ。えっと、とっておきのところが見つかったらもうそこから動きません。歯もなくなってしゃべりづらい。なるべく声がすきとおっているように。珊瑚には、なれませんよね？

と質問が鳴く。えっと、それを目的とはしていません。あくまでも、珊瑚の根付く丘であることを目指して枯れているんです。へえ。パンフレットに目を落とす、チッ、黒縁眼鏡め。

いくら説明しても珊瑚になりたい人としてしか理解されなくて、休むのにちょうどいい岩も見つかんないし、星の巡りがわるい、今日は面をすこし増やすかな。手を裏側にまわすまでのあいだ、面はもう数えきれない、その調子。かすかなからだになりながら、面はよりおびただしく。そうすればより卵にかするはず。そこに、波かき分けての大量熱射、そのあと大雨が。あっ、予兆に気付き、期待を起こすこの知識までも削がないと。知らなくなれなれ、と脳みそをなでつける。望まないこと、望みをかなえる最短距離。わたしはなにも知らないし、なにもできない。両手をゆるく扇のすがたに、似せて広げているばかりです。

バス停

友人が、友人の叔母から借りていて、そろそろ友人のものになる家の居間に、その家とは関係のないものがふたり居座って、1対1。フランクロイドライトのスタンドランプ、ひとつ明かりが、傘をひろげて吊り下がっているもの。それでここは雨のバス停。友人の叔母が使っていた木製の幅110cm奥行き90cm高さ90cmのダイニングテーブルに種類のばらばらな椅子4脚。2のうちの1が言い出しにくそうに、えっと、きみは、そう、言うなればー、うーん、そう、ぶす、じゃない？　でも生きていくわけ、じゃない？　その、ぶす、として。それで、ぶす、としての、とここまで聞いて、もういっぽうの1の目が報せた。神輿だ、神輿が来た。ちょうちん100万ひきつれて、わたしのもとに神輿が近づいてくる。鈴を降る法被の群衆、フランクロイドラ

イトの橙のひかりの中に、となりの影からぬっとあらわれ、またむこうの影に消える。インドニシキヘビに見まちがう、金と青柳で無限に編み上げられ、水に満たされた飾り紐。やっぱりそれが昇り龍だったとしたら、とたのしいたられば。笛、太鼓、掛け声混ざり合い、居間の板貼りの壁と床に跳ね返り重なり合って終わらない。目の前に止まる神輿、のぼるもののためにひざまずく。その傾きに耐えられず、鳳凰の固い羽根が抜けて額を切って落ちる。傷まで手に入れて、主役のおあつらえ向き。扇子、2本、3本、バッと開いて、ロンTの袖をまくりあげて、舌なめずり。汗ばんだつまさきを蹴り出しその汗粒だけ錦の座に飛ばして、傘ひらいて歩いて帰った。この神輿には乗んない。きみは来ないバスを待って帰れよ。

休憩、降車1

———————————

春に剪定したウンベラータの枝3本、水につけてたら根が出てきたの、枯らしてもいいからさ、ちいさいプランターに植えたらいる？　まちがいなく笑えるからって、あわてて22歳にもどる。いやあ、今晩は、巨大なはなしにふたりして立ち向かっていって、心底くたびれたね、休憩。いつかあの図体のでかいはなしの正体が悪としか考えられなくなったらどうしよう。それで生活は楽になって、植木も枯れないとしても、それがなんなのかってね。
だんだんと、怒りも憎しみも恨みも隠さないようになったのはなんでだろね、年のせい？　毎日、積み重なっていったナレッジ？　はなしに押しつぶされたままでさようならなんて、それではせっかく1ヶ月ぶりに会ったのになんだかときみの肩をわしづかんで、前より細いね。数駅分、ち

からまかせに空気をかきまぜて、立ち込めていた靄を晴らした気になって、わたしは電車を降りていく。端の席の堰で堰き止められるきみの、毎度おどろくほどの振り返らなさを確認してから階段をのぼる。あの素人技の攪拌でこれまでいちども靄が晴れたことがないのに、なぜかきみのほうが長いと決めつけている帰り道だけ休憩。

いつから挑んでいることになっているんだっけ。いつのまにおなじ岩山に登ることになっているんだっけ。草は生えないんだっけ。道を歩くだけじゃだめで、どうして上に上に、重さに耐えて進まなくてはいけないんだっけ。やめないよね？　って沈黙の中でロープをからだに結び合うのだって、そんなにがんばって落ちないようにするのはなんでなんだっけ。どっちもができないって言わなくなって、岩山を乗り越えるべきものとしてとらえる興奮しか残らなかったらどうしよう。できないって言える今の風景を手放してはいけないことだけは疑いようがなくて、苛立たしいよ。説得された方が胸の中に漂う反論を喉から逃すために向く、岩肌の反対側に夜の街が見えるよ。ふくろうの声の聴こえるあいだだけ休憩。目をもどせば、すでに見つけら

れて頼もしい釘の星座。ここを行けばいいんだっけ。
岩山はいったんやめるか、として見回したら、碇になって自分のなかに沈んでいく術が発光して招いている、魅力的だよね。それぞれの底にはかならずなにか宝が眠っていて、それがなによりもほんとうで本物だって思うようになったらどうしよう。そこにあるものが宝である確信はどこで得たんだっけ。ながく置いてある酒、木の食器棚、コンクリの壁、こういうところだと想像しているんだけど、どうして電気があると思うんだろうね。裸電球でかまわない、って舐めてるね。足にあたって痛かったズタ袋を抱えて、中身も分からずにまたながいながい地上へ戻る道を歩いていくしかないっていうのにね。今日のところはここで終了。上も下もやめて休憩。

砂浜

日陰でのびた小枝のようにかぼそい脚、それが裸足で砂浜を突き刺して、四季をとおして海辺を歩いている。豪雨の日も台風の日も、灼熱の日も雪の日も、だれもいなくなっても、砂の上をほほえみをうかべて、穴をつくってまわっている。

かろうじてつながっているからだが風にモビールのように吹かれる。つないでいるのが糸だと思い込んでいる海の家のバーテン。ちぎれそうと絶望する犬連れ。

家から電車で3時間の建物の9階に勤めている。帰り際、ともだちの展覧会をたずねて1000枚の絵をつぶれかけの紙風船のような目に焼きつける。100円ショップを5店めぐってぴったりのものがあるまでさがす。ハンカチをもっていて、マフラーを巻く。片手に収まる、生まれたてのチ

ワワくらいのやわらかさの首、そこに滲む汗をつめたくなってから拭く。
でかい家のでかいベッドに置いてあるでかいクッションくらいの大きさのキャンバス地のトートバッグ、ひもはぶち切れそうで、いつもいびつにふくらんで重い。熟練魔女のステッキのような乾いた腕、会議室とデスクをなんども行き来するのもめんどうで、15冊くらいの本をしかたなくいっぺんに持ち上げる。てこの原理を知っている。日陰でのびた小枝のようにかぼそい脚、まあ数分のがまんと受け入れて、部屋から部屋へグレーの絨毯を突き刺して歩く。これを10時間繰り返して、電車で3時間かけて帰宅。
家に着いてすこし休めばまた海へ行って、さっきよりもつぶれた紙風船のような目が、沈まないでまっていた太陽のポニーテールをわしづかみしてしばらくぶらさげる。遠くに見つけた滝のような髪、痛む、と心配するはじめて会う美容師。

チャンス

大きいものが小さいものを抱きかかえる絵画が、壁から落ちたらチャンス。抱きかかえられるだけでなく抱きかかえるまたとないビッグウェーブ。さんざん見てきたお手本は置いといて、つべこべ言わず乗りな、焼きついた、大きいものが小さいものを抱くときの残像かなぐり捨てて。濡らされて張りついてくる、大きいものより大きくならなければ大きいものを抱きかかえることができない趣きを蹴破って、飛び出すタイミング。なんとしてでも小さなままでぶつかる。

かたひじ張ってやっと10センチ大きくなったのを笑われながら、抱きかかえられるばかりになって長く経つ、知らないうちにふやけた腕に大きなものを抱きかかえると、大きなものは小馬鹿に、小さなもののため息。次の波はすぐ

そこで、わたしたちには今しかないというのに。がしがしの髪の毛、小さい手のひらにひっつかまれて、即座に大きいもののくびすじが手伝って、薄いおなかにおしつけられる。死ぬほど振るっても、ちくっと痛いくらい、死なない。小さいものは、小ささにおさまらないあまりの大きさにいい気になり波を見送って、その一方で大きいのものは、自分の大きさで知るあまりの小ささに勇気が震え、波を見た。笑っている場合ではなかったよな、とおなかに鼻をこすりつけて首のちからを抜くと、小さいものがきゃはきゃは笑うのが聴こえた。つぎにあたまをさすってきた。包むようにしてやわらかく抱いてきた。なでなで、とつむじにあたる声色と鼻息なまあたたかく、ぽんぽん脈打つはらわたまで真っ赤で満足の様子に、大きいものは起き上がって、せっかくのチャンスだっていうのに、おまえはいったいなにをしてんだ、またあの絵の中に戻ってちがう体勢のおなじふたつで300年暮らすのか、とぶんぶんに抗議。はじめのほうは、抱きかかえ、抱きかかえられる、両方やりあう、やれる方がやる理想に賭けたのに、もう抱きかかえられる気のない小さいものの、組んで向けられた足の裏にこびり

ついているクマザサの青臭さが漂う。大きいものがヤーレンソーラン小さいものの胴を抱えたら3周もしてしまって、絵の中に戻るのをやすやす食い止められる。

期待

　もしかしたら、きょうはだいじょうぶかもしれないと思って。このごろ調子がいいし、いいお天気だし、ひょっとしたらうまくいくかもしれないって。おとなしくしてくれるかもって、駅前のモスバーガーに行って、やっぱりだめだった。ごきげんでトイレの蛇口にてのひらをくっつけて水を撒き散らして、そのあとはふきげんで大声をはりあげた。はしりまわってとめられない。もうわたしのちからではおさえつけることもできないほど大きくなっていて、なみだも出ないでいきたい方向とは逆にうでをひっぱって、きたまんまで手をつけていないチキンバーガーセットをつめてくれた店員さんのやさしさと紙袋をつかんで、つかんだところはぐしゃっとして、店のそとへ連れ出した。きょうもまただめだった。

うわさの天使

会いに行けるとうわさの天使はごつごつしていてさわるのをためらった。骨があちこち浮き出ている。どこを腕に招いてみたらいいのか迷ってとりあえず手を出したら振り払われた。これまで誰にも招かれたことがないんだろうな、憐れむ。いま、どこかなにかぬめったのに当たって、とっさに拭いた。車輪のない荷車に押しつぶされていた。破れた服を覆うために服を重ねてそれがまた破れてまた重ねてを繰り返してきたよう。取る日がこない、隠すだけの厚い包帯。鉄屑を丸めてこすり合わせるみたいなげんなりする音で意味の知れない言葉をしゃべっていた。あれはきっとのどから出ていない、わざと見えるように耳をふさいだ。骨のでっぱりでうすくなって透けている皮膚を割れた爪でつまんでがたがたでぎざぎざの歯で噛んで血を出して痛

がっていて、ばかとしか思えない。目も耳もあるにはあるけれど、まぶたもみみたぶも溶けていて、気配を感じられないのか、関心がないのか、まわりでうろついている天使も動じない。それぞれ皮膚を嚙んでいて、そこらじゅうからひびきのない悲鳴があがっては土に吸い込まれて、すぐ聴こえなくなった。翼の骨を操りきれないからでたらめに折って歩いていて、地面に何本も筋ができてた。ぬかるんだ湿地を好んだのか、ここへ追いやられたのかわからなかった。顔らしい部分がにょらにょらと動いていて、あれは笑っていたのか。そう受け取ったから舌打ちをした。天使なら助けてやろうと思って来たのに。

誓い

今後いっさい、蛾に、蜂に、蝉に、こうもりに、水滴に、どしゃ降りに、怒鳴り声に、足おとに、ドアの開け閉めに、たかくてうるさい悲鳴をあげて、おどろいて道をふくらむあなたを見ても、女だとは思いません。ちいさい靴が玄関に並んでいるのも、洗面台が同じような円筒で埋めつくされても、洗たくものが多くても、甘いものが好きでも、群れても、泣いても、あわれんでも、怒鳴っても、なぐりかかってきてかなわなくても、親戚にいい顔をしても、警察を呼んでも、準備がおそくても、他人が新幹線の椅子を倒すのに気づかなくても、手がすべって小銭を床にぶちまけても、足がくさいのも、地図が読めないのも、早送りのようにしゃべるのも、ひとのうしろにかくれるのも、いつも手をひかれる側なのも、わたしのきもちをわからなくても、

女だとは思いません。わたしはいつまでも、すずめを、紙風船を、こわれやすいお菓子を、雪の結晶を、砂糖細工のお城を、やわらかい丘を、透けた傘を、弾むかばんを、なおりきっていない切り傷を、ふりかざす針金を、いばりちらす花を、ききたくない耳を、逃れられない宿命を、とりかえしのつかない覚えを、だまらない目を、もろい誇りを、むかいあったつくえのうえ、サングラスをおはじきのようにそっちにふっとばして、いっしょう大切そうに手のひらでつつむことを約束します。

路上

STATIONっていう文字をかたどった塀の上で、えんえん話しこんだ。わたしたちは偶然ひとつの梱包チームに入って、狂ったように毎日梱包と発送を繰り返していた。きみはエースで、いっときも休むことを認められず、叱って伸びると見誤っている偶然責任者になった人に規則正しく怒鳴られて、すっかり出来上がってしまって、この頃は怯えが毛質にあらわれて、ちりちりでぱさぱさだった。わたしはきみを励ます補欠としてよく隣に配置されていたものの、キャプテンがきみとの絆が唯一無二であることの証明に一生懸命になって、休むことの許されないふたりを哀愁の額にいっしょに入れてがっちり肩を組んでいたから、役目はあんまりまわってこなかった。自信もなかったし、内心ほっとしていた。

きみは仲間うちではめずらしく電動自転車を持っていた。けれどいつも電池が切れていた。電池が無いと、押すのが重いってはじめて知った。STATIONで長話をしたいから、そこへ着くまでも話をしたいから、さっそうと乗ってはいかずに手押しばかりでやっていて、電動じゃなくてもいいんじゃない？　ばいばーい、とキックボードの同僚がわらっていった。返事はExactly!で華やかだった。帰りは乗るし、と口角を上げた。

わたしたちは仕事におぼれて熱狂していて、悔しい想いを穴が開くほどの筆圧で日誌に書き散らすわりには、STATIONではちがう話ばかりした。とくに歌を歌うことやギターを弾くことについてずっと話し込んだ。塀のコンクリのざらざらを撫でていると指が真っ白になる。それで触ったから汚れた太もものあたりに帰ってから気付き、一秒、被害者ぶる。影はフラッシュを焚いて撮ると消えてしまい、いつまでも八月のままの蝉。自転車専用道路をはみ出し、夜はなにも通らない道。

ようやくふたりとも契約満期、あとは職場を離れる日を待つだけのあいだ、最後だからいっしょに路上デビューして

みようってことになった。ギターを持って、街でいちばん大きい公園のぼちぼち人の通るところで、3人くらい、ぽつぽつ聞いていった。さすがエースも務めただけあって、そうだよな、度胸も勘も大きさもとびきりのきみの歌声。木の少ない公園の秋にひろがりもどってこなかった。一曲終わるごとにやたらと、今日が最後なんで聴いてってください！　と言っていたきみ。最後であってもなくても勇気の出ない小さい歌声のわたしは、またこういう日が数年後にやってきて、そのまた数年後にもやってくる、いつか飽きのこない笑い話となる、なつかしくてやってみるけどあまり楽しくなくてすぐやめる、と思っていた。聴く人がいない時間、STATIONの話をする。あれだけいたんなら、座布団持ってればよかったよね。楽観していた。

日が暮れてきて、帰り際、最後最後と最後まで言っていたきみは涙を流して、これが最後だから路上やれてよかった、と言って、それでもわたしは最後という言葉にひっかかることが出来なくて、どさくさにまぎれてみみくそをほじっていた。かゆかった、あの時。速くて追いつけないきみの電動自転車。どうしてあそこが最後だときみだけ知ってい

たのか。ほんとうに最後だった可能性が年々高くなっていて青ざめるよ。あれきりきみに会った人は居なくて、きみの話は、最近どんどん、ちがう話のための弾みになっていて、これは危機だよ。

ビルボード

───────────────

予想や言い聞かせられたこととはちがって、声ばっかり覚えていて不安なひとたち、集まれ。聞いてた順番で薄れていかなくて、時間の胸ぐらつかんでもちあげたい人たち、集まれ。まとまらずに座ってから経緯を思い浮かべて、話さなくていいのが唯一まちがいなく誇れるこの集まりのいいところ。

匂いから忘れた。つぎは、しいて言えば、意外にたよりない手の厚みを忘れた。向かいあってあぐらをかいたときの、そっちのうちももとこっちのうちももがつながって、同じかたちを求める時のズボンとこすれるはだざわりを忘れた。ベッドの、天井の高さを忘れた。よろこんでいる時の歩く速さを忘れた。こんな風にいつかは声も忘れることになって、忘れたぶんだけ出所不明の記憶で補われて、ほんとう

はなかった思い出をながめて惚ける自分を受け入れて、ふりはらって受け入れないで、それらはんぶんずつやって、矛盾を味わう誠実さを盾に、あさはかさに助けられてやっていくのだと思ってたんですけど、これがもう、いつまでたっても声は憶えられていて、わたしもえらいなってわたしを褒めて。同時にいい加減にしとけとなだめて。

時間のことをそろそろ疑ってかかるようになってきて、自分はなんと人でなしと幻滅する人たち、聴こえますか？ここに「(最後までいい言葉は思いつけませんでした)」と大きく書いた大きい看板を立てておきます。しつこく、1kmごとに、何度でも。どうしてそんなお金があるのかって、ここは先祖代々の山だし、たまに赤松のあしもとから松茸が出てくるから。

Holiday

長袖にハーフパンツで、数枚抜かれた食パンの袋を手に、傘もささずにいるのに、荒れた空き地に落ちているのはなんなのか気になる。雨より大事なことがあり、蛾、羽をたてているのを、勝手にたとえるかさついたりぼんに。不機嫌に眠っている松葉三本目鼻口。声の扱い、共感するな。高いのは、さらにちいさければ説明もなしに棚の中にしまわれ、聴こえないのが聴かない理由で聴かれない。見た感じ、たいせつなものとされているけど、納得いかないな。こころに降りていく階段の先、金銀財宝が埋まっていると信じている日焼けをした人を横目に、レジに同時に2本の腕、あみじゃがと、名前のない炭酸差し出す。待ってるあなたたち、パーカーにハーフパンツで、頼みにしてみたい。そのポケットにこころを忍ばせていないのぞみ。

この商店街には実はなにも無くて、ぶらぶら歩いてコロナ飲んで終わりでいい。空き瓶を捨てるところも無いよ。
新幹線の手洗い場、雲を抜けてなめらかに差してくる陽のあらわれかたでつく電気。Spotify、森に入る暗さのフェードアウト。もらったとか、せめて学び合ったと言ってほしい。
かもめ、空であんなにとんがって、ほとんどやわらかいとは信じがたい。
あの日本共産党のポスターにいるのは、小学校のときのともだちのかっちゃんじゃないかな。ぜったいそうだわ。苗字がちがっていても、面影がたしかにのこっているよ。

It's mine

うまれたときから持っていて、たまに使うくらい。どうやってこうなってるのか知ったためしないんですけど、りっぱに使えます。自信あり。だって自分のだからね。いまもひさしぶりにこれで、詩をよみあげて、めでたく読み切りました！　はあ、きんちょうした。けど晴れやか。すがすがしいね。やりきったわ。さーて、酒、酒。きみはもうのまないんだっけ？　こどもが生まれたから。うちはもう9歳。うちも6歳。うちなんて12歳。きみんとこは、まだ3歳だっけ？　あはははははははははははは。あはははははははははは。せっかくの京都だからね、いっしょにきたんだ、いまはホテルで待ってる。なかなかふたりで出かけることもないから、たまにはね。まいにち、たいへん。でもしあわせはいつもあとから勝る。そこ、自信あり

ます。やったことないけどできる気がするし、できないとふさぎこんでも実はそれぞれできているんだよ。みんなそう。そうなのである。自分のことなんにも知らないけど、DNAに刻み込まれているんだよ、これが自然、季節のように、きっとりっぱに、自ずから、なにもせずとも巡ってみせます。

休憩、降車 2

─────────────

　地上 8 階、ピアスの穴に養生テープを貼った店員が「ラーメンと蒸し物が20:30でラストオーダーです」と回ってくる中華バイキングで好き放題やった帰り道、根こそぎ食われた霞の恨みか、やたら長く感じるエレベーター。自分のからだには起こっていない異変だと、誰だったら言い切れるかわからないよね、だってたしかに感じる鈍痛。あのひとのところでは鋭くて、ここで鈍いからって、どうして別物だって言えるか。ううん？　実感の無いたしかな憎さが自分の血管を巡りはじめる拒否反応と大歓待のあいだで黙り込んでいる、あまりにも曲がりくねっている空中回廊。なぜか知られざる路線の空いた車内で、はやく人間になりたい、といままで何百回も言ってきてもう飽きたという風にぶうたれてみると、こらえきれないか、あきれたか、ち

がう、きみが妖怪人間ベムを知らなかったということで笑ってくれて、じゃあ今まで妖怪だったってこと？　と聞き返された機を逃さず。そうそう、妖怪だったんでい、ともっと笑ってほしくて記憶の中の江戸っ子の仕草をして、視界に線が走る鈍痛のあいまにぽこりと湧いた笑いを逃しちゃいけないと、バハーッと噴き出してほしいと願ってやまなかったばっかりに、そうそうそう、妖怪妖怪、ばけもの、憑き物、でろでろだよもう！　と証拠をそろえずに、悪魔のものとされているテイストの声の調子でつぎつぎ返した。ただ笑っていてほしくて、魂売って、一生四角い空しか見えないとしてもそれでも売っぱらって、お腹いたい、まで引き出して、わたしは電車を降りていく。端の席の堰で堰き止められるきみの、毎度おどろくほどの振り返らなさを確認してから階段をのぼる。

ああは言ってみたものの、今まで妖怪だったというよりは、この頃少しずつ妖怪になっていっている感覚なんだった。わたしは、自分を人間だと捉えていたってことかな。人間に戻りたいってことで、ベムとは悩みがちがうか。いや、わりかしおなじか。戻りたくもないな。というか人間だっ

たのかな。はじめからずっと妖怪だったから、人間と関係するはずもなく、あらあらって通り抜けてきたんじゃない、もしかして。どうがんばっても関係がないというさみしさの味の長さ、今すぐきみに話したい。それで、人間の他はなんで妖怪だってふたりともすぐ思ったのか、それは前々から妖怪だったからかどうか、聞きたい。とぼけた？　って。改札までのいくつかの曲がり角を最短距離でコーナリングする。

むこうから歩いてくるひとの赤いＴシャツに乳首が透けている。いいなあ。あれが乳首だと気付く脳を、あそこに乳首の付いていないものにくすくす笑われる瞬間、できるだけはやく来てくんないかなあ。ついでにお尻の場所もかたちも笑ってもらって、しろつめ草の花かんむりをそれぞれの認識の頭部に被せあって笑いあいたい。長いエレベーターに引き続き、蛇行した空中回廊をえんえん歩いて、別れ際ふたりはなんとか笑ったという事実を眺めながら、明日のはじめて行く職場、あかるくあいさつせねばなあ。しょうもない新参者というてっとりばやい親密さに頼ろ。あの時、なんで笑ってくれた。負った覚えがないのに痛む、

納得いかない傷の前では片腹痛いなげやりさを、反射で鼻にかけたけれど、それをやり直すみたいに、かたくなだった背筋を溶かし、腰を座席の深いところから外して前にずり出して、思わず、といった風に笑ってくれた。

死後初雑感

思ってみれば生前、わたしにとって唯一本物だったのは、風呂場のプラスチックの青い椅子だけだったよ。死ぬころにはふわふわでけばけばになって、そうなってたのかって網目が見えてた。パリッて割れたこともなくって、ラッキーだったかも。座るところがしゃわしゃわになっていったから、おしりもだんだんちょうどよくふわふわになっていったから、年々、痛くなくなったな。それで替える機会を見失って、ここまで使ったら死ぬまで使うかと、ひそかに挑戦していたね。数えてみたくなった、35歳の時からだから、50年か。節目だったね。きりがいいこと多かったと思う。数えてみたら、5か10で割れるんだいつも。これってみんなそう？　なんで5か10できもちいいんだろうな。青を買って、結果よかった。銀のおおかみの毛並みってこ

んな？　晩年は犬とか飼えないから、残して死んだらたいへんだから、だれが言ったのかわからないけど、そこを突破する気になれなかったから、毛並みのあるものがあるーって、せっせと酔狂してみるので案外毎日すくわれた。わたしが死んだら、この椅子はどうなるかって、速攻捨てられるのみか。いきものじゃないしな。ちょっと手とめて眺めてくれるかな。よくつかったなー、プラスチックはこんなんなるのかーって。そんな暇ないか。仕事で来てくれる人だもんな。こんなにものを残して死んですまないな。そうしちゃ迷惑なのはわかってたんだけど、最後まで生活がしたくてさ、そうしてしまった。かたづけるくらいのお金は残していたものの、だれが言い出したんだろな、そういうお金を残せって。

最後に見たアイコンは、いちども絡んだことなくて何度も見てただけのひとで、ひらいた百合に見えてた。よく見たら、出店のかき氷のカップを3つ差し出し合う写真だった。いちご、メロン、ブルーハワイ、色がたくさんあったはずなのに、暗闇にぽっと浮かんできた白い百合に見えていたんだよ。

ひとりじめ

ママのくれたこの世に5万冊あるヨガ教則本、DVD付き。その中の息の吸い方吐き方、合ってんのか合ってないのか、畳の上で、お腹に手を置いて。あと30分で駅まで、マックは寄らないって言ってるのに。言いたいことあるの？ どうしても今日言いたそう、だからマックは寄れないって。言えないならわたしが言ってあげる。殴っていいよという言葉、この世にあるのか耳を疑う。いまさら写真を撮るって、そうですか。職業をまっとうする、拳を受け入れる、これが誠実？　もらったコーヒードリッパー、長年使ってふいに捨て。

地震のどさくさにまぎれて、頼りたい人が居たから、行けない理由は電車、電車止まってるからにした。来てほしくない理由も同じ、電車。2時間かかるし遠いからやめよう。

無理矢理ひっぱっていかれる先輩がぐうぜん拾った犬として乗せてもらった車。富士川サービスエリア。3人で居たのになぜか1人で考えてた。帰るかどうか。ふたりはひとつだった。写真撮ってくるほうが信用置けた。外に置く洗濯機の前で。

工夫をしようってモヤイ像のまえで。泣いているひとがいたらとっさに抱きしめることを教えてくれて。英語の並びで文章つくって話してくれて。どこまで話がつづいてもだいじょうぶなようにはじめに結論を出してくれて。肌がかさかさしていて。痩せていって。ランニングにハマって、一人暮らしを報告してきて。そこがここからは相当遠くて。予感はほんとうで。望んで自暴自棄にすすんで。

もらった家に住んでいて。だれかの使った布団で寝てて。カレーとコーヒーに凝って。地面から床はすぐ。訪ねられる方を絶対に譲らないから、そんなに言うならいいや。もう行かない。この世でいちばん勝手にやってて欲しい「いつかお手合わせ願いたい」。腐りかけたりんごを意地でもぴかぴかに描いてるから。やたらとかわいいもらいものの手ぬぐい、台所に吊るしてあった。

存在しない父親の持ってる別荘で食べた刺身。海を見下ろす窓辺。そっちは無理して来た旅行、こっちはストイック気取る合宿風情ですれちがう。なによりもだいじなものが一緒かと思っていた、不貞腐れる。よくあるありふれた取るに足らないくだらない笑っちゃう無様なまぼろしだったらどれだけよかったかあくまでも現実でただ壊れて買い換えることもなく捨てるつぎいこつぎでみんなのりこえてきてわかるわかるの大合唱の漫画喫茶からの電話。きみが噴水の前で出てくれたことだけで今世は良い人生だった。きみは関係ないのにかわいそうなことをさせてもらって。幸せだった。いまならわたしがわたしを殴ってあげるのにな。別れに詩も書けないかんちがい詩人同士、地獄行き。落ちることになってる？　水平に歩いて行くのに。

大勢が使ってるパソコンいやだったみたいで、変わってるのにべらぼうに使いやすいの持ってた。そっちの友達ぜんぶ敵でいいや。こぐま二頭の毛づくろいのつもりで長い髪を乾かす。カレー作ること想定してない土鍋ってあるんだって知って。あざわらう細い三日月、もう十分。ずっと見開いている満月。月にボロ負け、四行の思い出。

魔法の解き方知ってるらしいのおどろいた。ようやく聞き出したらぜんぜんすごくない、知らないことじゃなくてもう一回おどろいた。居酒屋で本を読んでそこに書いてあるんだって。読書感想文6年間同じ本で書くんだって。すごいかもしれない。掃除しなかったから出たちいさな虫にからだじゅう這われて怒ってる。すごいにちがいない。怒ってる。夜通し怒って朝、小学生が通学する横でコンビニのATMにひとりで行かせて。カフェに連れて来た有能な友達も最悪。スーパー行くみたいで。ドラッグストア行くみたいで。家具選ぶみたいで。駅に迎えにいくみたいで。雨を心配するみたいで。ご飯つくるみたいで。休暇にどっかに出かけるみたいで。友達の友達とキャンプ行くみたいで。運転してもらうみたいで。生きるうえでのアドバイスもらうみたいで。なぜかわたしの未来がぜんぶ見えているらしくて。自分のよりよっぽど分かるみたいで。ここで言い負かすために山ほど本を読んでいるみたいで。それを書いた人といつの間にか合体しちゃうみたいで。大嫌いなひととなぐさめあうみたいで。ことばとことばのあいだに打つおかしくなったふりまで完全に習得したみたいで。暮らしや

すいエリアにかならずある並木と遊歩道みたいで。ねんがらねんじゅうおでん煮込んでるかまぼこ屋みたいで。生き延びたいのを笑うみたいで。ずっと回ってる乾燥機みたいで。それなのにたいして乾いてないみたいで。ここからあげるものはひとつもないよ、ひとりじめ。

鷺

砂漠に仰向けに寝っ転がり3年前のポッドキャストを聴いていたら、ここ最近になってわたしがやっとのことでたどり着いた、重大で、開眼で、啓示で、Yesで、これしかないと手を伸ばした、そのおかげで風に泣かず、恋をのがれ、あたらしく足まで生えることになった大発見について、ひとがもうすでに話していて、その向かいのひとも同じくそう感じていたらしくしっかりあいづちを打っていて、青空の下で絶句しました。しかしこの瞬間に、あたまのうしろに手を組んで、胸と大股をひらいて悠々と砂に身を任せているのが恥ずかしくなってたまらないとしても止めないでいます。恥ずかしさは時を止めて、左に巻き戻しつつ右に早送り、ここはどんどん薄くなり、透けて、見た感じあるもないも同じになってしまったのとそう変わらない今にな

る。よろこんでとは言いがたく、取り残されたと言えばま
だ焼け切らないでいられるのでそうしています。
そりゃ、街に流れる川の護岸の根元にある細い砂浜に一羽
で佇む鷺をテーマにして、いつかなにかをつくってみたい
と思うよな。まっすぐ点に消え失せていく道を、あぜ道を、
あぜ道を走る自転車を、眠るひとの上で揺れる木漏れ日を、
内海の水面のきらめきを、追憶の海水浴を、初秋の雲のす
き間から伸びてくる梯子を、いつかは描きたいと思うよな。
星や月を穴と見る、新しいシャツ、恋のしたさ、夢だよな。
最寄りの海べりで釣った魚の中で、心臓が飛び出そうだっ
たものに墨を塗って移し取り、家主が死んで引き取り手の
ない家が壊されるまで玄関に飾る、わたしもそのひとりに
なる日が来ました。
砂から起き上がりマクドナルドへ行く。閃きは前後不覚の
蝿。来たらはらって、うっとうしく光沢なし。

ダイブ・イン・シアター

はんぶん海に浸かって、片目にたての水平線。向こうに回り込んでいく暗がりのきざしにかぶさる、かすかな光の層を押しあげて歌手がのぼってくる。ここらへんだって聞いて1時間半待ちかまえていたひとたちがぽこりぽこり浮き上がってきて、おくれて浮かぶひともいて、濡れた髪の毛がぺったりあたまのかたちに沿ってほぼ半球、ぎりぎりリズムを保って踏んでいける飛び石くらいで並ぶ。ここは夜のどこかで、ねがわくば日の出を待つトワイライト。
ボロいコートの革。光を透かさず、鉄の切り絵に見える。歌手のために差すゴツくて長いライト、あたまらの半球を西から東になめていって、2500くらいの見なし日の出となり、朝として歌手一点に向く。
口を結んで、胸の前でマイクを握りしめ、どんどん背が伸

びていく。うつむいているけれど、弱いわけではない。迷っていても、怖がってはいない。白髪でも、陰鬱ではない。昔は坊主だった。それを知っている日の出の大半。がっかりして仰向けで島になるのも。それを毎回あたらしく知り直す歌手はマイクをみぞおちに向けて歌い出す。じゅうぶん響いて、どこから出たかはどこでもよくなる。ボートもなく、うきわもなく、立ち泳ぎ。拍手は起こせないでいても、ここで死んでもいっかと満足しては、みんないっしゅん沈み、水を飲んでいっしゅんで思い直し戻ってくる。それをくりかえしながら歌を聴いている。
魚が日の出の群れを難なくよけていく。
「わたしたち」という言葉を、知りたくても探しはしないで、泣きながら信じているらしい歌手。どうにかしてあげたいともどかしい、人間の腕では眠れなくなったひとたち。波に揺れながら、こらえきれずおたがいになってみようとしている。すがたを見せていながら、自分も見ていながら、とがめられないダンス。拍手でこれは称えられないことに勘付き、目を極限まで球のかたちに近づける。視線は熱を帯びて拡がるばかり。それに歌手は落胆しては、気をとり

直す。蝉によく似た技術を、もったいぶらずに急に披露。あたまのほうまで空洞だったのだ。

土を踏んで歩く音がする。もうそろそろ終わりなんだと悟る。海面が道路になっていき、ひとが行き交い雑踏になる。波の音をなつかしむ不規則さ。今となっては、自分が元気でいることを、ここに居る意思や理由があることを示すためにではなく、前に声を押し出すためだけに、できるだけ遠くまで響くためだけにすこし上を向いた歌手のあごがついに降りた。ひだりの耳で聴いているらしい、なにかな、潮騒のとぎれる間際。深くお辞儀をしたついでに、右の人差し指にちょっと海をとって舐めた。しょっぱさにまで敬意を払い、振り向かずに水平線に消えていく。ひとりで来て、ひとりで帰ったあ。

道に溶けていき、今度は車になりかわり散っていく日の出たちの群れに、ふたつで来ていたものがいたらしく、日に日にうわまぶたのかたちが変わるんだね、しびれたね、前歯がぜんぶないんだね、といくつものエンジンがけたたましくうなりまわるなか、かすかに聴こえた。

柴田聡子（しばた・さとこ）

1986年北海道生まれ。シンガーソングライター、詩人。2012年に1stアルバム『しばたさとこ島』をリリースして以降、歌うことを中心に据えながら、楽曲提供や映画・ドラマへの出演など幅広い活動を続ける。2024年2月に7thアルバム『Your Favorite Things』、10月に弾き語り盤『My Favorite Things』をリリース。2016年に刊行した第一詩集『さばーく』が第5回エルスール財団新人賞・現代詩部門（選考委員：野村喜和夫、カニエ・ナハ）を受賞してからは、詩、エッセイ、小説、絵本などの文筆活動も多数行う。『文學界』での7年にわたる連載をまとめたエッセイ集『きれぎれのダイアリー 2017～2023』を2023年に刊行。

ダイブ・イン・シアター

2024年12月15日　第1刷印刷
2024年12月25日　第1刷刊行

著　者　柴田聡子

発行者　清水一人
発行所　青土社
　　　　101-0051　東京都千代田区神田神保町1-29　市瀬ビル
　　　　電話　03-3291-9831（編集部）　03-3294-7829（営業部）
　　　　振替　00190-7-192955

装　幀　佐々木暁
印刷・製本　シナノ印刷
組　版　フレックスアート

© Shibata Satoko, 2024
ISBN 978-4-7917-7693-1 Printed in Japan